# মিডলাইন প্রেম

আবরার নাঈম চৌধুরী

ISBN 978-93-5610-188-3
© Abrar Nayeem Chowdhury 2022
Published in India 2022 by Pencil

*A brand of*
One Point Six Technologies Pvt. Ltd.
123, Building J2, Shram Seva Premises,
Wadala Truck Terminal, Wadala (E)
Mumbai 400037, Maharashtra, INDIA
**E** connect@thepencilapp.com
**W** www.thepencilapp.com



DISCLAIMER: *This is a work of fiction. Names, characters, places, events and incidents are the products of the author's imagination. The opinions expressed in this book do not seek to reflect the views of the Publisher.*

# Author biography

বাংলাদেশি লেখক আবরার নাঈম চৌধুরীর জন্ম ২৪ শে মে ১৯৯৫ সালে, চট্টগ্রামে। তিনি ২০১৯ সালে বাংলাদেশ আর্মি ইন্টারন্যাশনাল ইউনিভার্সিটি অব সায়েন্স এন্ড টেকনোলজি থেকে থেকে বিএসসি (ট্রিপল ই) ডিগ্রি লাভ করেন। "মোহ মেঘে হৃদয়ে আকাশে" নামক যৌথ গল্পগ্রন্থে "নীলা ও এক অসমাপ্ত গল্প" শিরোনামের একটি গল্প প্রকাশিত হয়েছে। এছাড়াও বাংলাদেশের সব থেকে জনপ্রিয় ই-বইয়ের প্ল্যাটফর্ম "বইটই" অ্যাপে তার লেখা ১১টি ই-বই প্রকাশিত হয়েছে।

# CONTENTS

# উৎসর্গ

বাংলাদেশ আর্মি ইন্টারন্যাশনাল ইউনিভার্সিটি অব সায়েন্স এন্ড টেকনোলজির সকল শিক্ষক, আমার সকল বন্ধু এবং সকল জুনিয়রদের বইটি উৎসর্গ করলাম।

# ভূমিকা

"গোপনে" এবং "মিডলাইন প্রেম" গল্প দু'টি মূলত লিখেছিলাম ক্লোজআপ কাছে আসার গল্পের জন্য। আমরা যারা বাংলাদেশে থাকি সবাই জানি ১৪ই ফেব্রুয়ারি বিশ্ব ভালোবাসা দিবস উপলক্ষে বিভিন্ন টিভি চ্যানেলে "ক্লোজ আপ কাছে আসার গল্প" শিরোনামের কিছু নাটক প্রচারিত হয়। সেই নাটকগুলোর জন্য "ক্লোজআপ" লেখকদের থেকে লেখা আহ্বান করে। তাই "মিডলাইন প্রেম" এবং "গোপনে" গল্প দু'টা ই-মেইলে জমা দিয়েছিলাম।

# পূর্বরূপ

## মিডলাইন প্রেম

কেউ বলেন আজব শহর, কেউ জাদুর শহর। রাজধানী শহর ঢাকা আসলেই বৈচিত্র্যময় শহর। এই শহরে চলাচল করে অনেক বাস। এর মধ্যে একটি বাস হলো "মিডলাইন"। এই বাসে ভাড়া সংক্রান্ত জটিলতার মধ্য দিয়ে ইঞ্জিনিয়রিং পাস করা শিক্ষিত বেকার আবরারের সাথে হঠাৎ একদিন পরিচয় হয় ডাক্তার নওরিনের। হবে কী তাদের একসাথে পথ চলা?

## গোপনে

ঢাকা বিশ্ববিদ্যালয়ের টিএসসিতে নওরিনের সাথে প্রথম আবরারের পরিচয়। এরপর এই পরিচয় পরিণত হয় বন্ধুত্বে। বন্ধুত্ব গড়ায় প্রণয়ে। কিন্তু এই প্রণয়ের মাঝে বাঁধা হয়ে দাঁড়ায় তাদের পরিবার এবং আবরারের বান্ধবী সিন্থিয়া। আবরার আর নওরিন কী পারবে এই সকল বাঁধা উপেক্ষা করে একে অপরের কাছে আসতে? নাকি তাদের জীবনের পথ দু'দিকে চলে যাবে?

# মিডলাইন প্রেম (১)

আজ বুধবার। ১০ই ফেব্রুয়ারি ২০২১। বাসের সামনের সিটে বসে আছি। সায়েন্স ল্যাবের দিকে বাস ছুটছে। হঠাৎ পিছনে শোরগোল শুনতে পেলাম।

"মামা দেখেন না একটু? আমার কাছে নাই আর টাকা।"

"আমার কাছে নাই পাঁচশ টাকা ভাংতি। বিশটা টাকা ভাংতি রাখতে পারেন না?"

পিছে তাকালাম। দেখলাম সাদা এপ্রোন এবং মুখে মাস্ক পরা একটা মেয়ে টাকা ভাংতির সমস্যায় পড়েছে। আশে পাশের মানুষও এগিয়ে আসছে না।

"ভাই! ভাড়া কত উনার?"

আমি এগিয়ে এসে জিজ্ঞেস করাতে বাসের হেল্পার বলল, "বিশ টাকা।"

মানিব্যাগ থেকে বিশ টাকার নোট বের করে দিতেই হেল্পার চলে গেল। আমিও নিজের সিটে বসে পড়লাম। বাটা সিগন্যাল এসে রাস্তার এক পাশে দাঁড়াল বাস।

বাস থেকে সবাই একে একে করে নেমে যাচ্ছে। তন্দ্রার পাহাড় নেমে এসেছে চোখে। হঠাৎ কে যেন বলে উঠলো, "বসতে পারি?"

ঘুম ঘুম চোখে তাকিয়ে দেখি সাদা এপ্রোন এবং মুখে মাস্ক পরা সেই মেয়েটি দাঁড়িয়ে আছে।

"পাশের সিটে যাবেন? আমি বসব।"

"জি।"

আমি পাশের সিটে চলে গেলাম। মেয়েটি বসে পড়ল। কিছু যাত্রী বাসে উঠে চারদিকে ছড়িয়ে ছিটিয়ে বসল। জানালা দিয়ে বাইরে তাকালাম। রাস্তার পাশে কিছু তরুণ তরুণীর ফুচকা খাওয়ার দৃশ্য চোখে পড়ল। তাদের সাথে মাস্ক নেই। করোনার এমন সময়ে তাদের সাথে মাস্ক রাখা উচিত ছিল।

"আপনাকে অনেক ধন্যবাদ।"

কথটি শুনে চমকে ডান পাশে তাকালাম, বললাম, "আমাকে কিছু বলছেন?"

"জি, ধন্যবাদ।"

"কি জন্য?"

"ভাংতি বিশ টাকা দিয়ে সাহায্য করার জন্য।"

উত্তরে আমি মুচকি হাসলাম।

"মামা! এখানে নামব, নামিয়ে দেন।"

বাস থামল। মেয়েটা বাস থেকে নেমে সোজা ফুটপাথ ধরে হাঁটা শুরু করল। আমি বাসের জানালা দিয়ে তাকিয়ে রইলাম।

# মিডলাইন প্রেম (২)

১১ই ফেব্রুয়ারি ২০২১। বৃহস্পতিবার। এলিফেন্ট রোডে ট্রাফিক জ্যামে ফেসে আছি। মতিঝিল যাব। কিছু যাত্রী উঠল কিছু যাত্রী নেমে গেল। হঠাৎ পিছন থেকে শোরগোলের শব্দ শুনতে পেলাম। মহিলার সাথে হেল্পারের ভাড়া নিয়ে বিতর্ক। কী হল? কী ব্যাপার? ভেবে পিছনে তাকাতেই দেখি সেদিনের সেই মেয়েটি, সদা এপ্রোন আর মাস্ক পরা। সিট থেকে উঠে পিছনে এগিয়ে গেলাম।

"মামা! ভাড়া তো ১০ টাকা। আপনি ২০ টাকা কেন বলছেন?"

"আপনেরে কে বলল ভাড়া ১০ টেকা?"

"কে বলল মানে?"

"সায়েন্স ল্যাব থেকে মতিঝিলের ভাড়া ১০ টেকা কোন হালায় কইল আপনারে?"

"আপনি কিন্তু খুব বাড়াবাড়ি করছেন এখন।"

"এই মামা! কী সমস্যা? আমাকে বলেন। কী হয়েছে?"

আমার কথা শুনে হেল্পার পিছনে তাকিয়ে বলল, "দেখেন তো, ভাড়া ২০ টেকা মানতেই চায় না।"

"আচ্ছা উনি আপনাকে কত দিয়েছে?"

"১০ টেকা।"

"এই নেন, বাকি ১০ টাকা। যান, খুশি তো?"

"হ।"

হেল্পার চলে গেল। আমি মেয়েটার দিকে তাকিয়ে বললাম, "ভালো আছেন? চিনতে পেরেছেন?"

"আরে আপনি? আজকেও একই বাসে?"

"জি, মতিঝিল যাচ্ছি।" বলেই সামনে এসে আমার সিটে বসে পড়লাম। জ্যাম ছাড়ল। বাস দ্রুত গতিতে এগিয়ে কাটাবন এসে থামল। আমার পাশের সিটের যাত্রী সহ কিছু যাত্রী বাস থেকে নেমে পড়ল। ঘড়ির দিকে তাকালাম। বিকাল ৫টা।

"বসতে পারি?"

পাশে তাকিয়ে দেখলাম সাদা এপ্রোনের মেয়েটি দাঁড়িয়ে আছে।

"আরে বসুন।" বলেই পাশের সিটে চলে গেলাম।

"আপনাকে অনেক ধন্যবাদ।"

আমি মুচকি হেসে বললাম,  "আপনাকে ধন্যবাদ দেওয়া উচিত।"

মেয়েটি ভ্রু কুঁচকে জিজ্ঞেস করল, "কেন? কেন?"

আমি হেসে বললাম, "ভাড়া নিয়ে এমন ঝামেলা না হলে আমি তো বুঝতেই পারতাম না, আপনিও একই বাসে।"

"ও আচ্ছা। মতিঝিল যাচ্ছেন?"

"জি। আপনি?"

"আমিও।"

আমি হেসে বললাম, "ভালোই তো হলো।"

"মানে?"

"না মানে একই গন্তব্য। গল্প করতে করতে যাওয়া যাবে।"

"ও আচ্ছা।"

মেয়েটা মাস্ক মুখ থেকে নিচে নামাল। এই প্রথম মেয়েটার মিষ্টি চেহারা আমার সামনে দৃশ্যমান হলো। আমি পানির বোতল এগিয়ে দিয়ে বললাম, "পানি খাবেন?"

"না, না। ঠিক আছে।"

"কেন? আমি অপরিচিত দেখে খাচ্ছেন না?"

"না, না, তা নয়। আমার সাথে পানির বোতল আছে।"

"আমি ভেবেছি আপনি খুব ক্লান্ত। তাই পানির বোতলের কথা বলেছি।"

"কিভাবে বুঝলেন আমি ক্লান্ত?"

মুখে মৃদু হাসি নিয়ে বললাম, "এমন মিষ্টি চেহারায় ঘুম ঘুম ভাব সুস্পষ্ট। তাই ধারণা করেছি আপনি খুব ক্লান্ত।"

"মিষ্টি চেহারা? আমি?"

ওর এই কথার উত্তরে কিছু বললাম না। মুচকি হাসলাম। আমার হাসি দেখে মেয়েটাও হেসে ফেলল।

"কতজনকে এমন কথা বলেছেন?"

"যদি বলি আপনাকেই প্রথম বললাম।"

মেয়েটা মুচকি হাসল। লজ্জা পেল বোধহয়। খানিক বাদে বলল, "আমার তা বিশ্বাস হচ্ছে না।"

"কেন?"

"কারণ ছেলেরা এই ধরণের কথা অনেক মেয়েদেরই বলে।"

"বাহ! আপনি তো দেখছি ছেলেদের স্বভাবের উপর পিএইচডি ডিগ্রি নিয়েছেন।"

"স্বভাবের উপর নয়, রোগের উপর। পিএইচডি ডিগ্রি নয়, এমবিবিএস ডিগ্রি।"

"আপনি ডাক্তার?"

"হুম, আপনি কী ভেবেছেন?"

"সাদা এপ্রোন দেখে ভেবেছি আপনি হয়তো মেডিকেল স্টুডেন্ট।"

মেয়েটা হেসে বলল, "কী? এই বুড়িকে আপনার স্টুডেন্ট মনে হয়?"

আমি মুচকি হেসে বললাম, "এত সুন্দরী একটা মেয়ে কিভাবে বুড়ি হয়?"

"আচ্ছা হয়েছে আর পাম দিতে হবে না।"

"আচ্ছা, আর পাম দিব না।"

মেয়েটা এবার চোখ বড় বড় করে বলল, "তার মানে পাম দিচ্ছিলেন?"

আমি হেসে ফেললাম তার কথা শুনে, বললাম, "না, না।"

সেও হেসে ফেলল, বলল, "আপনি মাত্র বললেন।"

আমি কোনোরকমে হাসি থামিয়ে বললাম, "আচ্ছা বাদ দিন, বাদ দিন।"

"হুম, ধরা খেয়েছেন। এখন তো বাদ দিতে বলবেনই।"

নিচের দিকে তাকিয়ে মুচকি হাসলাম। অতঃপর তার দিকে তাকিয়ে বললাম, "আপনার নাম?"

"নওরিন।"

"শুধু নওরিন?"

"না, না। সামিয়া নওরিন।"

"খুব সুন্দর নাম। ঠিক আপনার মতো।"

নওরিন লজ্জায় লাল হয়ে গেল। মুচকি হেসে বলল, "আবারো পাম দেওয়া হচ্ছে?"

আমি ওর কথা শুনে হেসে ফেললাম। অতঃপর বললাম, "না। মোটেও পাম দিচ্ছি না। সত্যি বলছি।"

"ধন্যবাদ। আপনার নাম?"

"আবরার। পুরো নাম আবরার নাঈম চৌধুরী।"

"ও আচ্ছা চৌধুরী সাহেব।" বলেই নওরিন হেসে ফেলল। ওর এই মিষ্টি হাসির সাথে যোগ দিলাম আমিও, বললাম, "বলতে পারেন।"

"চৌধুরী সাহেব ডাকব?"

"ঠিক আছে। আপনাকে ডাকার অনুমতি দিলাম।"

"ও, এর মানে আর কেউ এই নামে ডাকে না?"

"না, সবাই আবরার নামে ডাকে।"

"ঠিক আছে চৌধুরী সাহেব। আপনাকে আবরার নামেই ডাকব।" বলেই নওরিন মুচকি হাসল।

আমি মুচকি হেসে হ্যাঁ সূচক মাথা নাড়ালাম।

এভাবে দু'জনের কথোপকথনের ফাঁকে বাস কখন যে মতিঝিল পৌঁছে গিয়েছে টেরই পেলাম না। মতিঝিল এসে বাস দাঁড়াতেই দু'জন বাস থেকে নেমে রাস্তার এক পাশে দাঁড়ালাম।

নওরিন মৃদু হেসে বলল, "আসি তাহলে। আবার দেখা হবে। ভালো থাকবেন।"

আমিও মৃদু হেসে বললাম, "জি। আপনিও ভালো থাকবেন।"

নওরিন চলে গেল দৃষ্টির বাইরে। আমিও বাসার পথ ধরলাম।

# মিডলাইন প্রেম (৩)

১২ই ফেব্রুয়ারি ২০২১। মুষলধারে বৃষ্টি হচ্ছে। ছাতা মাথায় সায়েন্স ল্যাবের মোড়ের ফুটপাতে দাঁড়িয়ে আছি। আমার মতো অনেকেই দাঁড়িয়ে আছে বাসের অপেক্ষায়। কী ব্যাপার? বাস আসছে না কেন? আর কত দেরি? এদিকে বৃষ্টিও থামার নাম নেই। হঠাৎ রাস্তার অপর পাশে এমন একজনকে দেখলাম যার উপস্থিতির জন্য মোটেও প্রস্তুত ছিলাম না। নওরিন! রাস্তার অপর পাশে মাথার ওপর আকাশি রঙের ছাতাটা মেলে ধরে দাঁড়িয়ে আছে। আমাকে লক্ষ্য করেছে সে? দেখলাম নওরিন রাস্তা পার হয়ে এদিকেই আসছে। হঠাৎ সামনে একটা বিআরটিসি বাস এসে দাঁড়ালে সে দৃষ্টির আড়ালে চলে গেল। এদিক সেদিক তাকালাম। দেখলাম না।
"আমাকে খুঁজছেন?"
চমকে গেলাম পরিচিত কণ্ঠস্বরটি শুনে। পিছে তাকালাম। দেখলাম নওরিন দাঁড়িয়ে।
নিজেকে সামলে নিয়ে জিজ্ঞেস করলাম, "আপনি?"
"হ্যাঁ। আমি। তো আমাকে এভাবে খুঁজার কারণ?"
"না, মানে, এমনি আসলে।"
নওরিন মুচকি হেসে বলল, "এমনি?"
"না, মানে, এই যে, বাস চলে এসেছে।"

বাস এসে দাঁড়াল। আমি ওকে বললাম, "আসুন। আপনি মতিঝিল যাবেন?"

"হ্যাঁ।"

বাসে উঠে বসলাম দু'জন। বন্ধ জানালা দিয়ে বৃষ্টির জলকণা গড়িয়ে পড়ছে। এই পড়ন্ত বিকেলে আনমনা মনে জানালা দিয়ে বাইরে তাকিয়ে আছে নওরিন।

"পুরাতন দিনের কথা মনে পড়ছে?"

আমার কথা শুনে বাস্তবে ফিরে এলো সে। আমার দিকে তাকিয়ে বলল, "কিছু বললেন?"

"পুরাতন দিনের কথা মনে পড়ছে বুঝি?"

"কিভাবে বুঝলেন?"

"আনমনা হয়ে বাইরে তাকিয়ে আছেন, তাই বললাম।"

নওরিন দীর্ঘশ্বাস ছেড়ে বলল, "হুম, বাবার কথা মনে পড়ছে।"

"বাবার কথা? কেন? কোথায় উনি?

"বাবা আমার স্মৃতিতে আছে, চির অম্লান হয়ে।"

"উনি কী?..."

"নেই। বাবা নেই..."

মনের ভেতরটা কেঁপে উঠল। নিজেকে সামলে বললাম, "আসলে আমি বুঝতে পারি নি..."

"না, ঠিক আছে। আচ্ছা বাদ দিন। আপানর কথা তো জানাই হলো না। আপনি চাকরি করেন?"

"না। শিক্ষিত বেকার বলতে পারেন।" বলেই মুচকি হাসলাম।

নওরিনও মুচকি হাসল, বলল, "শিক্ষিত বেকার? বাহ দারুণ বললেন তো!"

উত্তরে কিছুই বললাম না। মৃদু হাসলাম শুধু।

"তো চৌধুরী সাহেব? বেকারই থাকবেন? চাকরি করার ইচ্ছে নেই বুঝি?

"না, না। থাকবে না কেন? এই তো একটা ইন্টারভিউ দিয়ে আসলাম।"

"বাহ! কেমন হলো ইন্টারভিউ?"

"জি। আশা করছি হয়ে যাবে। ভালোই হলো।"

"কোন সাবজেক্ট নিয়ে পড়াশুনা করেছেন?"

"ট্রিপল ই।"

"ও, চৌধুরী সাহেব দেখছি ইঞ্জিনিয়ার।"

"লজ্জা দিচ্ছেন?" বলেই মুচকি হাসলাম।

"লজ্জা কেন দিব?"

"এখনো তো ইঞ্জিনিয়ারিং পোস্টে চাকরিটা হয়নি।"

"হয়নি তো কী হয়েছে? হয়ে যাবে। আর হলেই তো আমার লাভ।"

অবাক হলাম ওর কথা শুনে, বললাম, "কিভাবে?"

"এই যে, ট্রিট পাবো। কি? ট্রিট দিবেন তো?"

"অবশ্যই দিব। তা, ট্রিট দিতে হলে তো যোগাযোগ করতে হবে।"

"মানে?"

"মানে, চাকরি পেলে আপনাকে জানাতে হবে না? কোথায় ট্রিট দিব তাও তো বলতে হবে।"

"হুম, তো?"

"তো, আপনার মোবাইল নাম্বারটা যদি পাই তাহলে..."

"বুঝেছি। চৌধুরী সাহেবের আমার নাম্বার দরকার। ০১৭১..."

অ্যান্ড্রয়েড মোবাইলটা বের করে ওর নাম্বারটা টুকে নিলাম।

কিছুক্ষণ দু'জনই চুপচাপ। নীরবতার দেওয়াল ভেঙ্গে বললাম, "আপনার আনমনা ভাব দেখে ভেবেছিলাম..."

"কী ভেবেছিলেন?"

"আপনি হয়তো আপনার প্রাক্তনের কথা ভাবছেন।"

"প্রাক্তন মানে?"

"মানে এক্স বয়ফ্রেন্ড।"

"ও আচ্ছা। তা বলেন। আপনি তো সুন্দর বাংলা বলেন! লেখালিখি করেন নাকি?"

"এই টুকটাক বলতে পারেন।"

"বাহ! বই বের করেছেন?"

"না, কিন্তু সামনে করব। ইচ্ছে আছে।"

"ও আচ্ছা। কোন টাইপের লেখা লিখেন?"

"রোমান্টিক।"

"তাই? কিন্তু আপনাকে দেখলে মনে হয় না আপনি রোমান্টিক।"

"ভালোবাসার অনুভুতিগুলো কিন্তু মনের ভিতর থেকে আসে। আমি সেই অনুভূতিগুলো কলম দিয়ে লিখি, প্রকাশ করি।"

"হুম, বুঝলাম। আপনার কেউ আছে? স্পেশাল কেউ? মানে গার্লফ্রেন্ড?"

মুচকি হেসে বললাম, "নাহ। এই দুর্ভাগার জীবনে এখনো কেউ আসেনি।"

"এসে যাবে খুব শীঘ্রই।"

"আপনি কিভাবে জানেন?"

নওরিন মুচকি হেসে বলল, "দেখবেন চলে আসবে।"

"আপনার আছে কেউ স্পেশাল? বয়ফ্রেন্ড?"

"না তো।" অতঃপর কণ্ঠস্বর নিচু করে নওরিন জিজ্ঞেস

করল, "কেন বললেন তো? কোনো সুদর্শন ছেলের সন্ধান দিতে পারবেন?

"সুদর্শন ছেলে আশেপাশেই আছে। খুঁজলেই পাবেন।"

"তাই নাকি? আমি তো আশেপাশে সুদর্শন কাউকে দেখছি না।"

"ও আচ্ছা। ঠিক আছে। না দেখলে আর কি করা।"

"পোড়া পোড়া গন্ধ পাচ্ছি। কী যেন পুড়ছে?"

"কী পুড়ছে? বাসে আগুন লাগল না তো?" বলেই বাসের চারপাশে তাকালাম।

"কারো মন পুড়ছে।" বলেই মুচকি হাসল নওরিন।

কথাটার অর্থ বুঝতে পেরে লজ্জা পেলাম, বললাম, "মজা নিচ্ছেন?"

"আমার প্রেমে পড়েছেন?"

"না, মানে..."

"আমি কিছু জিজ্ঞেস করেছি।"

"হ্যাঁ পড়েছি।"

"ভালোবাসেন আমাকে?"

"হ্যাঁ।"

"চিনেন না, জানেন না, ব্যাস! ভালোবেসে ফেললেন? ভালোবাসা কী এতই সস্তা?

"না আমি আসলে বলতে চাচ্ছিলাম..."

"আপনার আর কিছুই বলতে হবে না। মামা! এখানে নামব।"

আমি সিট থেকে উঠে দাঁড়ালাম। নওরিন জানালার পাশের সিট থেকে উঠে বাসের দরজার সামনে দাঁড়াতেই বাস থেমে গেল। বাস থেকে নেমে আকাশি রঙের ছাতাটা মেলে ধরে হাঁটা দিল। আমি জানালা দিয়ে

তাকিয়ে রইলাম তার দিকে। নওরিন চলে যাচ্ছে। আর কী দেখা হবে?

20

তাকিয়ে রইলাম তার দিকে। নওরিন চলে যাচ্ছে। আর কী দেখা হবে?

## মিডলাইন প্রেম (৪)

রাত বারোটা বেজে পনেরো মিনিট। বিছানায় শুয়ে আছি। নওরিনের একটা কথা বারবার মনে পড়ছে, "চিনেন না, জানেন না, ব্যাস! ভালোবেসে ফেললেন? ভালোবাসা কী এতই সস্তা?"

সত্যিই তো, ভালোবাসা জিনিসটা সস্তা নয়। অনেক দামী একটা জিনিস।

"কীরে ঘুমাসনি এখনো?"

মায়ের কণ্ঠস্বর শুনে উঠে বসলাম, বললাম, "ঘুমাওনি মা!"

"তুই এখনো ঘুমাসনি কেন? কোন কিছু নিয়ে টেনশন করছিস?"

"না মা। এমনি, ঘুম আসছে না। তুমি শুয়ে পড়।"

"ঠিক আছে। ঘুমিয়ে পড়িস।" বলেই মা রুম থেকে বেরিয়ে পড়লেন।

হঠাৎ মোবাইলটা বেজে উঠল। এত রাতে কে কল দিবে? ভাবতে ভাবতে মোবাইলটা হাতে নিয়ে দেখি নওরিনের নাম্বার। কল রিসিভ করে বললাম, "হ্যালো।"

মোবাইলের অপর প্রান্ত থেকে নওরিন বলল, "হ্যালো। কী করছেন? ডিস্টার্ব করলাম না তো?"

"না, না। ডিস্টার্ব কেন হব?"

"রাগ আমার উপর?"

কয়েক সেকেন্ড চুপ থেকে অতঃপর বললাম, "না, রাগ না।"

"বুঝেছি, রাগ করেছেন।"

"না, না একদমই না।"

"না, আমার আসলে এভাবে কথাটা বলা ঠিক হয়নি।"

আমি চুপ করে রইলাম। এর উত্তরে কিছুই বললাম না।

"আমাকে মাফ করে দেওয়া যায় না?"

নওরিনের এই কথাটা শুনে মনটা নড়ে উঠল, বললাম, "তুমি তো ঠিকই বলেছ। ভালোবাসা জিনিসটা তো সস্তা না। খুব দামি একটা জিনিস।"

উত্তরে নওরিন কিছুই বলল না। চুপ করে রইল।

"এই নওরিন! এই!..."

"বল।"

"এই দামি জিনিসটা আমি কী পেতে পারি না?"

উত্তরে নওরিন এবারো চুপ করে থাকল। কিছুই বলল না।

"নওরিন!"

"বল।"

"ভালোবাসি তো, খুব বেশি, অনেক বেশি।"

নওরিন এবারো চুপ।

"এই! নওরিন!"

"হুম, বল।"

"আমার সারাজীবনের পথ চলার সঙ্গী হবে?"


নওরিনের চোখ দিয়ে অশ্রু গড়িয়ে পড়ল। অনেক কষ্টে নিজেকে সামলে নিয়ে বলল, "আবরার! শুনো, তোমার ই-মেইল এড্রেসটা আমাকে মেসেজে দিও।"

"কেন? হ্যালো! হ্যালো! নওরিন?"
নওরিন কলটা কেটে দিল। আমার ই-মেইল এড্রেস চাইল কেন? ই-মেইল এড্রেস দিয়ে কী হবে? কিছু কি বলতে চায় ই-মেইলে যা মোবাইলে বলতে পারবে না। এসব ভাবতে ভাবতে মোবাইলটা হাতে নিলাম। ই-মেইল এড্রেসটা মেসেজে পাঠিয়ে দিলাম।

রাত বারোটা পয়তাল্লিশ মিনিট। ল্যাপটপ খুলে ই-মেইলে ঢুকে দেখলাম নওরিনের ই-মেইল। ই-মেইলে নওরিন চিঠি আকারে কি যেন লিখেছে। পড়তে শুরু করলাম...


আবরার,

অবাক হয়েছ তাই না? তোমার ই-মেইল এড্রেস কেন চাইলাম? কিছু কথা আছে তোমার সাথে যা মুখে বলা সম্ভব না।
আবরার! খুব ভালোবেসে ফেলেছ আমাকে আমি বুঝতে পেরেছি। বুঝতে পেরেছি আমার প্রতি তোমার মনের আকুতি, অনুভূতি।
এই ছেলেটা কখন যে আমার মন চুরি করে ফেলেছে আমি টেরই পাইনি। হ্যাঁ, আবরার আমিও তোমাকে ভালোবাসি, খুব বেশি, অনেক বেশি।হ্যাঁ, তোমার সারা জীবনের পথ চলার সঙ্গী হতে চাই।
কিন্তু একটা বিশেষ বিষয় তোমার জেনে রাখা ভালো হবে। আমি ক্যানসারে আক্রান্ত। ডাক্তার বলেছে আমি বেশি দিন বাঁচব না। আবরার! আমার হাতে সময় বেশি নেই। আমার না খুব ইচ্ছে, আমার জীবনেও কোন রাজপুত্র আসবে, যে আমাকে খুব খুব ভালোবাসবে।

আমি হব তার জীবনসঙ্গিনী।

আবরার! আমার এই দুরারোগ্য রোগ জানার পরও হবে আমার জীবনসঙ্গী? করবে আমাকে বিয়ে? তোমার উত্তরের অপেক্ষায় থাকলাম।

ই-মেইলে নওরিনের লেখাগুলো পড়ার পর স্তব্ধ হয়ে রইলাম। নিজের চোখকে বিশ্বাস করাতে পারছিনা। আমি ঠিক পড়ছি তো? ওর ক্যানসার? ঠিক আছে। যা করার এখনি করতে হবে।

১৪ই ফেব্রুয়ারি ২০২১। মিড লাইন বাসের বাম দিকের দুই নম্বর সিটে বসে আছি। সময় সকাল ৮টা। জানালার পাশের সিটে বসা নওরিন।

হঠাৎ আমার বাম হাতটা জড়িয়ে ধরে কাঁধে মাথা রাখল। অতঃপর বলল, "তোমার বউটার কিন্তু খুব ক্ষুধা পেয়েছে। নাস্তা করেনি।"

"তাই। ঠিক আছে। মতিঝিল নেমে আমরা নাস্তা করে নিব।"

হ্যাঁ, নওরিন এখন আমার স্ত্রী। সেদিন ই-মেইল পাওয়ার পর, ১৩ই ফেব্রুয়ারি বাসায় নওরিনের কথা আব্বু আম্মুকে বলি। এটাও স্পষ্ট করে বলি ও ক্যানসারে আক্রান্ত। কিন্তু আব্বু আম্মু সরাসরি না করে দেয়। শুরু হয় বাবা মার সাথে বিতর্ক, নওরিনকে পাওয়ার যুদ্ধ। বিতর্কের এক পর্যায়ে বাবা স্পষ্ট করে বলে দিল, "ঐ মেয়েকে বিয়ে করলে আমার বাড়ির দরজা তোমার জন্য

আজীবনের জন্য বন্ধ হয়ে যাবে।"

কিন্তু আমি জানি এবং মনে প্রাণে বিশ্বাস করি, ভালোবাসলে ভালোবাসার মানুষের জন্য লড়াই করতে হয়। তাই বাবাকেও আমি বলে দেই, "চললাম। পারলে আমাকে ক্ষমা করে দিও।"

এরপর নওরিনকে নিয়ে সোজা কাজী অফিসে। সাক্ষী হিসেবে ছিল আমার কিছু বন্ধু আর আমার প্রিয় ছোট মামা। হ্যাঁ, মামা পাশে না থাকলে আমরা পরিবার, সমাজ উপেক্ষা করে দ্বিধাহীনভাবে কাছে আসতে পারতাম না। এরপর আর কি, আমাদের বিয় সম্পন্ন হলো। আমরা গিয়ে উঠলাম ছোট মামার বাসায়। নওরিনের কথা আর কী বলব। ও এতিম। এক মামা আছে। যে কিনা নওরিনের সমস্ত চিকিৎসার ব্যয় ভার গ্রহণ করলেও নওরিনের বিয়ের কথা শুনে তাকে ঘর থেকে চলে যেতে তো বললই এবং চিকিৎসার ব্যয় ভারও গ্রহণ করবেন না আর তা বলে দিলেন।

"কী ভাবছ?"

নওরিনের ডাকে ভাবনার দেওয়াল ভেদ করে বাস্তবে ফিরে এলাম, বললাম, "কিছু না।"

নওরিন আবারো আমার বাম হাত জড়িয়ে ধরে কাঁধে মাথা রাখল। বাইরে মুষলধারে বৃষ্টি পড়ছে। এটা শুধু বৃষ্টি নয়। এটা হচ্ছে নওরিন ও আমার জন্য পৃথিবীর দেওয়া অভ্যর্থনা। আমি নওরিনকে প্রায়ই দেখি। শুধু চোখে নয়। মনের বারান্দা দিয়েও। আমার মনের বারান্দা সব সময় খোলা থাকে। সেখানে কালো মেঘেরা ভিড় জমায়। বৃষ্টি হয়। পাখিরা খেলা করে। রৌদ্র আসে। আর গাছের পাতার ফাঁক দিয়ে নওরিন নামক এক মায়াবিনীর দেখা

মিলে। তাকে দেখি। অপলক চোখে তাকে দেখি। সৃষ্টিকর্তা তার মাঝে বুঝি পৃথিবীর সমস্ত মায়া, রূপ ঢেলে দিয়েছেন। আমার মনের বারান্দা সব সময় খোলা থাকে। সেখান থেকে তার মিষ্টি হাসি আমি দেখতে পাই। দেখতে পাই তার স্নিগ্ধতা আর মনঃমুগ্ধকর কথা। তার নয়ন ভোলানো দুষ্টমি আমার মনের বারান্দা থেকে দেখা যায়। তার নীল শাড়ি পড়া সাজের সৌন্দর্য বুঝি হুমায়ুন আহমেদের রূপাকেও হার মানায়। ঝুম বৃষ্টিতে যখন সে বাইরে বৃষ্টি উপভোগ করে আমি তখন আমার মনের বারান্দা দিয়ে তাকে দেখি আর দেখি। এই দেখার কখনো শেষ না হোক।

"কী চৌধুরী সাহেব? কী ভাবছেন?"

"কিছু না।"

"তাহলে চুপ কেন?"

"না, এমনি। আচ্ছা আমাদের সম্পর্ক শুরু হয়েছিল কোথায় বল তো?"

"কেন? এই মিডলাইন বাসে।"

"ভাবছি এটা নিয়ে একটা গল্প লিখব।"

"তাই। দারুণ হবে তাহলে। তা গল্পের নাম কী হবে?"

আমি নওরিনের চোখে চোখ রেখে বললাম, "মিড লাইন প্রেম..."

(সমাপ্ত)

# গোপনে (১)

ঢাকায় নতুন এসেছে নওরিন। ইঞ্জিনিয়ারিং পাস করে এলিফেন্ট রোডে অবস্থিত বাংলাদেশ বিজ্ঞান ও শিল্প গবেষণা পরিষদের একটি ট্রেনিং কোর্সে ভর্তি হয়েছে। যেহেতু ৩ মাস ব্যাপী ট্রেনিং, থাকার তো একটা ব্যবস্থা করতেই হবে। তাই বাবার সাথে ঢাকায় আসা।

জিগাতলা, ফার্মগেটে ভালো হোস্টেল না পাওয়ায় মিরপুরের একটি হোস্টেলের তৃতীয় তলার দক্ষিণের রুমটাতে উঠেছে সে। রুমে ঢুকতেই পরিচয় হয় স্নেহা আর সিন্থিয়ার সাথে। অল্প কয়েকদিনে তাদের সাথে বন্ধুত্ব হয়ে গেল নওরিনের।

সপ্তাহের শেষ দিন। ৮ই জানুয়ারি ২০২১। সিন্থিয়া নওরিনকে টিএসসিতে ঘুরতে নিয়ে যায়। টিএসসি এসে নওরিনের একঘেয়ে ভাবটা দূর হয়ে গেল। টিএসসির মাঠে বসে ওরা চা খাচ্ছিল। হঠাৎ সিন্থিয়ার ডাক , "এই! আবরার!"

দূরে পাঁচ ফুট ১০ ইঞ্চির এক যুবক পিছে ঘুরে সিন্থিয়ার দিকে তাকিয়ে মুচকি হাসল।

"এদিকে আয়।"

সিন্থিয়ার ডাকে ধীর পায়ে তাঁর সামনে এসে দাঁড়াল আবরার।

সিন্থিয়া মুচকি হেসে জিজ্ঞেস করল, "কীরে কেমন আছিস? "

হুডির পকেটে দুই হাত রেখে আবরার বলল, "আরে তুই এখানে?"

সিন্থিয়া হাসিমুখে বলল, "পরিচয় করিয়ে দিচ্ছি, আমার বান্ধবী নওরিন।"

আবরার ও নওরিন একে অপরের দিকে তাকাল।

"বস, এখানে।"

সিন্থিয়ার কথায় টিএসসির সবুজ ঘাসের উপর বসে পড়ল আবরার।

সিন্থিয়া আবরারকে জিজ্ঞেস করল, "চা খাবি?"

আবরার না সূচক মাথা নাড়ল।

সিন্থিয়া আবার বলতে শুরু করল, "জানিস নওরিন! ও আমার ছোট বেলার বন্ধু।"

নওরিন বলল, "ও, আচ্ছা।"

"আমরা ক্লাস ওয়ান থেকে একসাথে।"

নওরিন আবার আবরারের দিকে তাকাল। আবরারের চোখে চোখ পড়তেই সে চোখ নামিয়ে ফেলল।

কিছুক্ষণ সবাই চুপচাপ। নীরাবতার দেওয়াল ভেঙ্গে আবরার নওরিনকে বলল, "আপনি কী সিন্থিয়ার ছোটবেলার বান্ধবী?"

নওরিন হেসে বলল, "না, না। আমাদের বন্ধুত্ব কিছু দিনের।"

"কিছু দিনের?"

"হ্যাঁ।"

"বুঝলাম না বিষয়টা।"

"আসলে, কিছু দিন হলো আমি হোস্টেলে উঠেছি। ওখানেই ওর সাথে আমার বন্ধুত্ব। আমরা একই রুমে থাকি।"

"ও, আচ্ছা।"

"আপনি কী করছেন?"

নওরিনের প্রশ্নের উত্তরে আবরার কিছু একটা বলতে যাচ্ছিল এর মধ্যেই সিন্থিয়া হাসিমুখে বলে উঠল, "ইঞ্জিনিয়ারিং পাশ করে এখন সে শিক্ষিত বেকার।"

সিন্থিয়ার কথা শুনে আবরার ও নওরিন দু'জনই মুচকি হাসল।

আবরার নওরিনকে জিজ্ঞেস করল, "আপনি কী করছেন? পড়াশুনা?"

"না, না। ইঞ্জিনিয়ারিং পাশ করেছি এই বছর।"

"কোন সাবজেক্ট?"

"ট্রিপল ই।"

"বাহ, আমিও তো ট্রিপল ই থেকে পাশ করেছি।"

"এই বছর?"

"না, ২০১৯ এ।"

অতঃপর নওরিন কিছু বলতে যাচ্ছিল এর মধ্যেই সিন্থিয়া আবরারকে উদ্দেশ্য করে নওরিনকে বলল, "জানিস ও অনেক ভালো গল্প লিখে।"

নওরিন আবরারের দিকে তাকাল। আবরার একটু লজ্জা পেয়ে বলল, "না, আসলে তেমন কিছু না, টুকটাক পত্রিকাতে লিখি।"

"আচ্ছা, নওরিন চল, নিউমার্কেট যেতে হবে, টুকটাক কেনাকাটা আছে।" বলেই সিন্থিয়া উঠে দাঁড়াল।

নওরিনও উঠে দাঁড়াল, সাথে সাথে আবরারও।

"আপনার সাথে পরিচিত হয়ে ভালো লাগল।" বলেই আবরার মুচকি হাসল।

"আমারও, ভালো থাকবেন।" বলেই নওরিনও মৃদু হাসল।

# গোপনে (২)

৯ই জানুয়ারি ২০২১। কুমিল্লার রাণীর দীঘির পাড়। বিকেল ৪টা বেজে ১৫ মিনিট। কসবা হাউজ থেকে বের হলো আবরার। কুমিল্লা নিজ বাসায় এলেই বিকেল বেলা রাণীর দীঘির পাড়ে একটু হাঁটাহাঁটি করে সে। দীঘির পাড় ঘেঁষে হাঁটছে সে। হঠাৎ এমন ভাবে চমকাল যেন সে ভূত দেখেছে। সামনেই দীঘির পাড়ে নওরিন বসা। কাছে গিয়ে কথা বলব? ভাবে আবরার। অনেক কিছু ভাবতে ভাবতেই নওরিনের সামনে এসে দাঁড়িয়ে বলল, "আরে আপনি?"

নওরিন চমকে গেল আবরারকে দেখে, বলল, " আপনি?"

"হ্যাঁ, আপনি এখানে?"

" না, এমনি আসলাম। আপনি এখানে কী করছেন?"

"আমার বাসা তো এখানেই।"

"কোথায়?"

"কসবা হাউজ।"

"এই বিল্ডিংটা। "

"হ্যাঁ।"

"দারুণ তো!"

"কিভাবে দারুণ?"

"এই যে বাসা থেকে বের হলেই এত সুন্দর একটি জায়গা, মন খারাপ হলেই দীঘির পাড়ে এসে বসা যায়।"

"আপনার মন খারাপ?"

নওরিন বিস্মিত কণ্ঠে বলল, "আপনি কিভাবে বুঝলেন?"

আবরার মৃদু হেসে বলল, "এই যে বললেন মন খারাপ হলে বসা যায়, তাই ভাবলাম আপনারও হয়তো মন খারাপ।"

"ও, আচ্ছা। "

"বসতে পারি?"

"সরকারি জায়গা বসে পড়ুন।" বলেই নওরিন মুচকি হাসল।

"দারুণ বলেছেন তো, সরকারি জায়গা।"

আবরার নওরিন থেকে একটু দুরেই বসল। অতঃপর বলল, "বলুন, আপনার মন খারাপ কেন?"

"কিছু না, এমনেই।"

"এমনি এমনি কারো মন খারাপ হয় নাকি?"

"হয়।"

"না হয় না।"

"হয়।"

"আরে বললাম তো হয় না।"

নওরিন আবরারের দিকে চোখ বাকা করে বলল, "আপনি আমার কে হন যে আপনাকে বলব?"

"হইনি, হতে কতক্ষণ?"

"মানে?"

"না মানে, আপনি চাইলে হতে পারি।"

"আমি চাইলে? যদি না চাই?"

"তাহলে বলব আমি পৃথিবীর সব থেকে দুর্ভাগা পুরুষ।"

"কেন? কেন? দুর্ভাগা কেন?"

"আবরার নওরিনের চোখে চোখ রেখে বলল, "এত সুন্দর একটা মানুষের আপন কেউ হতে পারা, সৌভাগ্য নয় কী?"

নওরিন লজ্জায় লাল হয়ে গেল। মুচকি হেসে বলল, "আমি যে সুন্দর তা আপনাকে কে বলেছে?"

আবরারও মুচকি হেসে বলল,  "আবরার বলেছে।"

"তা আবরার বললেই কী বিশ্বাস করতে হবে?"

"আবরার নওরিনকে মিথ্যা বলবে না।"

"তাই?"

"হুম, আমি মিথ্যা বলছিনা। আপনি অনেক সুন্দর।"

কথাটি শুনে নওরিন আর কিছু বলল না। লজ্জায় চুপ করে থাকল।

নীরাবতা ভেঙ্গে আবরার জিজ্ঞেস করল, "হতে পারি আপনার আপন কেউ?"

নওরিন বলল, "ভেবে দেখব।"

"ভেবে দেখার কী আছে?"

"আমি হুটহাট করে তো আর যাকে তাকে আপন করে নিতে পারি না।"

"আমি যাকে তাকে হয়ে গেলাম?"

"না, না, মানে আপনাকে আরো ভালোভাবে চিনি, জানি।এরপর না হয়..."

"ঠিক আছে।"

কিছুক্ষণ কি যেন চিন্তা করে গলার স্বর নিচু করে আবার আবরার বলল, "আপনার মোবাইল নাম্বারটা পেতে পারি?"

"কেন? নাম্বার কেন?"

"না, মানে এই যে বললেন আরো ভালো করে চিনতে চান, জানতে চান, তাই বলছিলাম, নাম্বার পেলে মাঝে মধ্যে আপনার সাথে কথা হলো।"

"০১৭১..."

সূর্য অস্ত যাচ্ছে পশ্চিম দিগন্তে। পাখিরা নীড়ে ফিরছে। আবরার নওরিনকে দেখছে। অপরূপ সুন্দর তাঁর চোখ, ফুলের পাপড়ির মতো ঠোঁটে মিষ্টি হাসি, দুধে আলতা রং।

"এভাবে তাকিয়ে থাকা কিন্তু ঠিক না।"

আবরার মৃদু হেসে দৃষ্টি সরিয়ে নিচের দিকে তাকিয়ে বলল, "কই? কিছু না।"

নওরিন মুচকি হেসে বলল, "এভাবে তাকিয়ে থাকলে প্রেমে পড়ে যাবেন।"

"তাই?"

"হুম, আর প্রেম কিন্তু স্বাস্থ্যের জন্য ক্ষতিকারক।"

আবরার নওরিনের দিকে তাকিয়ে বলল, "আমি তো তা ই চাই।"

"মানে?" বলেই নওরিন হেসে ফেলল।

"না কিছু না। চলেন উঠি। সন্ধ্যা হয়ে এলো।"

নওরিন আর আবরার উঠে দাঁড়াল।

"আসি।" বলেই আবরার নওরিনের দিকে তাকিয়ে রইল।

নওরিন বলল, "ভালো থাকবেন।"

আবরার মুখে হাসি নিয়ে বলল, "আপনিও।"

নওরিন একটা রিক্সা ভাড়া করে উঠে পড়ল। আবরার তখনো দাঁড়িয়ে। নওরিনের রিক্সা যতক্ষণ তার দৃষ্টির সীমারেখায় ছিল ততক্ষণ সে ঠায় দাঁড়িয়ে রইল। রিক্সা চোখের আড়াল হতেই সে বাড়ির পথ ধরল।


রাত বারোটা পনেরো মিনিট। আবরার তার প্রিয় লেখক ইমদাদুল হোক মিলনের একটা উপন্যাস পড়ছিল। হঠাৎ তার মুঠোফোনটা বেজে উঠল। উপন্যাসের পাতা থেকে চোখ সরিয়ে মোবাইল ফোনের স্ক্রিনে চোখ রাখতেই দেখল অপরিচিত নাম্বার। ফোন রিসিভ করতেই অপর পাশ থেকে কে যেন বলে উঠল, "হ্যালো!"

"হ্যালো, কে বলছেন?"

"আবরার বলছেন?"

"জি, বলছি। কিন্তু আপনাকে তো চিনলাম না।"

"চিনার কথাও না।"

"মানে?"

"মানে, আমি তো কোন সেলিব্রিটি না।"

"বুঝলাম, সেলিব্রিটি না। কিন্তু আপনি কে?"

"গলার কণ্ঠস্বর শুনেও বুঝতে পারছেন না আমি কে?"

"না তো।"

"তাই?"

"হুম।"

"ঠিক আছে। তো আপনার কী মনে হয়, এত রাতে আপনাকে কে ফোন দিতে পারে?"

"কে দিতে পারে?"

"আপনি আমাকে কেন জিজ্ঞেস করছেন? আমি আপনাকে জিজ্ঞেস করেছি।"

"জানি না। এত রাতে কে ফোন দিবে?"

"কেন আপনার গার্লফ্রেন্ড ফোন দেয় না।"

"না তো।"

"কেন?"

"আমার গার্লফ্রেন্ড থাকলেই তো দিবে।"

"ঠিক আছে বুঝলাম। কাউকে আশা করছিলেন? কেউ আপনাকে আজ ফোন দিবে।"

"না তো।"

"তাই?"

"হ্যাঁ। কে দিবে ফোন?"

"ঠিক আছে, রাখি।" বলেই নওরিন ফোন কেটে দিল।

আজীব তো। কে মেয়েটা? আবরার মনে মনে ভাবে।

মুঠোফোনটা রেখে বইটা হাতে নিতেই আবার মুঠোফোনটা বেজে উঠল।

"হ্যালো।"

"হ্যালো, আপনি কি গাধা বলছেন?"

ফোনের অপর প্রান্ত থেকে এমন কথা শুনে আবরার নড়ে চড়ে বসল।

"কে গাধা?"

"আপনি গাধা।"

"মানে?"

"গাধাকে গাধা বলব না তো কী বলব?"

"আমি রাখি।"

"এই গাধা! আমি নওরিন।"

"কে?"

"নওরিন।"

"আপনি?"

"হ্যাঁ, আমি।"

"আপনি আমার নাম্বার পেলেন কোথায়?"

"মন থেকে চাইলে সবই পাওয়া যায়।"

"হ্যাঁ?"

"জি।"

এবার আবরার কণ্ঠস্বর একটু নিচু করে বলল, "তা মন থেকে চাওয়ার কারণটা জানতে পারি?"

নওরিন লজ্জা পেল, বলল, "সব কারণ জানতে হয় না।"

"কেন? কেন?"

"হার্ট অ্যাটাক হয়।"

আবরার নওরিনের কথা শুনে হেসে ফেলল। অতঃপর বলল, "আমার তো হার্ট নেই।"

"নেই মানে?"

"হার্ট চুরি হয়ে গিয়েছে।"

"মানে?"

"কোন এক মায়াবী রাজকন্যা আমার হার্ট চুরি করেছে।"

"তা সেই মায়াবী রাজকন্যার নামটা জানতে পারি?"

"নাম তো বলা যাবে না। কিন্তু সে কেমন তা বলতে পারি।"

"ঠিক আছে বলেন।"

আবরার সোফায় বসে পড়ল। অতঃপর চোখ বন্ধ করে মুঠোফোনের অপর পাশে থাকা নওরিনকে বলল, "সুন্দর তাঁর চোখ, ফুলের পাপড়ির মতো ঠোঁটে মিষ্টি হাসি, দুধে আলতা রং।"

"বুঝতে পেরেছি।"

"সত্যি বুঝতে পেরেছেন?"

"হ্যাঁ।"

"কে বলেন তো?"

"বলতেই হবে?"

"হ্যাঁ।"

"না বললে হয় না?"

"না।"

"আমি কাল ঢাকা ফিরছি। যাবে আমার সাথে?"

হঠাৎ নওরিন আবরারকে আপনি থেকে তুমি বলাতে থমকে গেল।

"তুমি যাবে তো? কী হল? কথা বল?"

"নওরিন?"

"কি?"

আবরার চুপ হয়ে রইল। কিছু একটা বলতে চেয়েও বলতে পারল না।

"বল?"

"আসলে..."

"বল?"

"না। কিছু না।"

"বল বলছি। নাহলে কিন্তু আমি ফোন রেখে দিব।"

"না, না।"

"বল তাহলে?"

আবরার নিচু কণ্ঠে বলল, "তোমাকে খুব পছন্দ করি।"

নওরিন মুচকি হেসে ফোনের অপর পাশে থাকা আবরারকে বলল, "শুধু পছন্দ?"

"না মানে..."

"আচ্ছা আমি রাখছি।"

"না, না শুনো। এই নওরিন?"

"বল।"

"ভালোবাসি তো।"

এই কথা শুনে নওরিনের হৃদয় নড়ে উঠল। খুশিতে, লজ্জায় মুচকি হেসে বলল, "কাল ১১টায় জাঙ্গালিয়া বাস স্ট্যান্ডে থেকো।"

"ঠিক আছে। দেখা হচ্ছে।"

"রাখি।"

নওরিন ফোনটা রেখে দিল। অতঃপর বিছানা ছেড়ে উঠে বারান্দায় এসে দাঁড়ালো। আবরারের প্রতি এক অদ্ভুত ভালো লাগা কাজ করছে ওর মনে। এক অদ্ভুত অনুভূতি। একটা মনের টান। দেখতে চাওয়ার আকুলতা। এটাই কি তাহলে ভালোবাসা? নওরিন ভাবে।

বিছানায় পিঠ এলিয়ে দেয় নওরিন। আবরারকে নিয়ে কল্পনার রাজ্যে হারিয়ে যায়। সেই কল্পনার রাজ্যে নেমে আসে ঘুম নামক নীরাবতা। অতঃপর নওরিন তার প্রিয় আবরারকে নিয়ে পাড়ি দেয় স্বপ্নের রাজ্যে। সেই স্বপ্ন দীর্ঘায়িত হয় ভোর পর্যন্ত। ভোরের মিষ্টি বাতাস জানালা ভেদ করে নওরিনের চুলগুলো এলোমেলো করে দেয়। জানালা দিয়ে আকাশের দিকে তাকিয়ে থাকে নওরিন। আচ্ছা, আবরার এখন কী করছে? ঘুমাচ্ছে তাই না? নওরিন ভাবে। এভাবেই এই স্নিগ্ধ মিষ্টি ভোরে নওরিনের চিন্তার রাজ্যে আবরারের পদচারণ হয়।

# গোপনে (৩)

১০ই জানুয়ারি ২০২১। ঢাকাগামী বাসের সামনে বেশ চিন্তিত মুখে দাঁড়িয়ে আছে আবরার। আর মাত্র পাঁচ মিনিট পরেই বাস ছাড়বে কিন্তু নওরিন এখনো এসে পৌঁছায়নি। তাই সে বেশ চিন্তিত। নওরিন কি আসবে? এখনো আসছে না কেন? ফোন দিলাম, ফোনটাও ধরছে না। কোন বিপদ হলো না তো? ভাবে আবরার।

"স্যার বাসে উঠে বসুন। বাস একটু পরেই ছেড়ে দিবে।"

বাসের সুপার ভাইসরের কথা শুনে সে আরো বেশি চিন্তায় পড়ে গেল।

"এই টিকেট কেটেছ?"

পরিচিত কণ্ঠস্বর শুনে আবরার পিছে তাকিয়ে দেখল নওরিন দাঁড়িয়ে।

নওরিনকে দেখে তার সকল দুশ্চিন্তা দূর হয়ে গেল। মুচকি হেসে বলল, "দেরি হলো যে?"

"সেসব কথা পরে হবে, আগে বল টিকেট কেটেছ কিনা?"

"হ্যাঁ। চল, বাসে উঠি।"

"বাস ছাড়বে কয়টায়?"

"এই তো, পাঁচ মিনিট পরই।"

"ঠিক আছে চল।"


এয়ার কন্ডিশন বাসের ডি থ্রি এবং ডি ফোর সিটে বসে পড়ল আবরার আর নওরিন। নওরিন জানালার পাশেই বসলো। বাসে ওরা সহ মাত্র ৬ জন যাত্রী।

"এই আবরার!"

"হ্যাঁ?"

"একটা পানির বোতল কিনে আনবে? খুবই পিপাসা পেয়েছে।"

"আচ্ছা তুমি বসো। আমি নিয়ে আসছি।"

পানির বোতল কিনার উদ্দেশ্যে আবরার বাস থেকে নেমে দেখল বাস কাউন্টারের পাশের দোকানটা বন্ধ। অগত্যা দূরের দোকানের উদ্দেশ্যে সে পা বাড়াল। এদিকে আবরারের জন্য অপেক্ষা করছে নওরিন। অনেকক্ষণ তো হয়ে গেল। আসছে না কেন? কোথায় গেল? নওরিন ভাবে। হঠাৎ বাস ছেড়ে দিল। জাঙ্গালিয়া বাস স্ট্যান্ড থেকে বাস বের হয়ে দ্রুত গতিতে পদুয়ার বাজার বিশ্ব রোডের দিকে এগিয়ে যাচ্ছে। ডি ফোর সিটে বসে থাকা নওরিন দুশ্চিন্তায় পড়ে গেল। সে অনেকবার

মুঠোফোনে আবরারের সাথে যোগাযোগের চেষ্টা করল। কিন্তু আবরার ফোন ধরল না।

ওদিকে পানির বোতল নিয়ে দোকানিকে টাকা দিয়ে পিছনে ঘুরতেই আবরার দেখল বাস দ্রুত গতিতে ওকে ফেলে চলে যাচ্ছে।

"এই মামা!" বলেই বাসের পেছন পেছন দৌড়াতে শুরু করল সে। শেষে রাস্তার ধারে দাঁড়ানো একটা সিএনজিতে উঠে ড্রাইভারকে বলল, "মামা! ঐ বাসের পিছু নাও জলদি।"

ড্রাইভার বুঝতে পেরে সিএনজি স্টার্ট করে দ্রুত গতিতে বাসের পিছনে ছুটাল।

ওদিকে ভয়ে দুশ্চিন্তায় নওরিনের চোখ দিয়ে অশ্রু গড়িয়ে পড়ে। কি করবে সে বুঝতে পারছে না।

অবশেষে বাস পদুয়ার বাজার বাস স্ট্যান্ডে দাঁড়াল। আবরার দ্রুত সিএনজি থেকে নেমে ভাড়া চুকিয়ে বাসে উঠে দেখল নওরিন অশ্রুসিক্ত চোখে তার দিকে তাকিয়ে আছে।

নিজ সিটে বসে নওরিনকে পানির বোতল এগিয়ে দিয়ে আবরার বলল, "নাও, পানির বোতল।"

নওরিন অশ্রুসিক্ত রাগান্বিত চোখে আবরারের দিকে তাকিয়ে রইল।

"কী হলো? নাও?"

"মজা করছ?"

আবরার ভ্রু কুঁচকে বলল, "মজা? মজা কেন করব?"

নওরিন অশ্রুসিক্ত রাগান্বিত লাল লাল চোখে আবরারের দিকে তাকিয়ে বলল, "কোথায় ছিলে এতক্ষণ?"

"আরে বাস তো ছেড়ে দিয়েছিল। ভাগ্যিস রাস্তার ধারে একটা সিএনজি পেয়েছিলাম।"

"আমি যে বার বার ফোন দিচ্ছিলাম। ধরলা না কেন?"

"কই?" বলেই আবরার পকেট থেকে মুঠোফোন বের করে দেখে ৬টা মিসড কল।

নওরিন আর কিচ্ছু বলল না। অশ্রুসিক্ত চোখে জানালা দিয়ে বাইরে তাকিয়ে আছে।

আবরার নওরিনের ডান হাতটি ধরে বলল, "নওরিন! আমার ভুল হয়েছে। আমাকে ক্ষমা করে দাও।"

উত্তরে নওরিন কিছু বলল না। বাইরে তাকিয়ে রইল।

"ক্ষমা করে দাও। আর এমন হবে না। সব সময় তোমার ফোন ধরব। ফোন আর সাইলেন্ট রাখব না।"

নওরিন এবারো কিছুই বলল না।

"ঠিক আছে আমি চলে যাচ্ছি।" বলেই আবরার সিট থেকে উঠে যেতে উদ্যত হওয়ার সাথে সাথেই নওরিন তার হাত ধরে ফেলল। অতঃপর বলল, "এই বাঁদর! তুই কী কিছুই বুঝিস না?"

"কী বুঝব?"

"কিছুই বুঝিস না?"

"এখানে বুঝার কী আছে?"

"বুঝার কিছু নেই?"

"ফোন ধরিনি। আর তাছাড়া হয়তো ভয় পেয়েছ।"

"এই বাঁদর! আমার চোখে পানি কেন বুঝিস না? কার জন্য বুঝিস না?"

"না।"

"না?"

"না।"

"কিভাবে বুঝবি? তুই তো বাঁদর।"

আবরার নিচু গলায় বলল, "বাঁদর তো গাছে থাকে।"

"শয়তান!" বলেই আবরারের শরীরে আলতো প্রহার করল নওরিন।

আবরার মুচকি হেসে নওরিনকে জড়িয়ে ধরল। নওরিন আবরারের বুকে ফেলল স্বস্তির নিশ্বাস। সে অনুভব করল যেন এক ভারি পাথর তার বুক থেকে সরে গিয়েছে। দূর হয়ে গিয়েছে সমস্ত দুশ্চিন্তার আঁধার। এটাই তাহলে ভালোবাসা? হ্যাঁ, এটাই ভালোবাসা। নওরিন ভাবে।

# গোপনে (৪)

ধীরে ধীরে নওরিন আর আবরারের সম্পর্ক গভীর হতে শুরু করল। আবরার একটা দিন নওরিনকে না দেখলে যেমন স্থির থাকতে পারে না তেমনি নওরিনও। সপ্তাহে তিন দিন বাংলাদেশ বিজ্ঞান ও শিল্প গবেষণা পরিষদে নওরিনের ট্রেনিং কোর্সের ক্লাস। ক্লাসের সময় সূচি দুপুর দুইটা ত্রিশ মিনিট থেকে বিকাল পাঁচটা পর্যন্ত। আবরার প্রতিদিন ঠিক চারটা পঞ্চাশ মিনিটে বিজ্ঞান ও শিল্প গবেষণা পরিষদের গেটের সামনে দাঁড়িয়ে নওরিনের জন্য অপেক্ষা করে। নওরিন ক্লাস থেকে বের হলেই দু' জন বেইলি রোডের কোন রেস্টুরেন্টে খেতে যায়। কোনো দিন ঘুরতে যায় রমনা পার্কে কোনো দিন টিএসসিতে।

২৮ই জানুয়ারি ২০২১। বিকাল ৪টা। বসুন্ধরা সিটি শপিং কমপ্লেক্স এর তৃতীয় তলায় দাঁড়িয়ে আছে আবরার আর তার সেই ছোটবেলার বান্ধবী সিন্থিয়া।

"কীরে তোর ফোনে কথা বলা হল?"

সিন্থিয়া মুঠোফোন ভ্যানেটি ব্যাগে দ্রুত ঢুকিয়ে আবরারকে বলল, "আরে দোস্ত, সাব্বির ফোন দিয়েছিল।"

"সাব্বির?"

"হ্যাঁ।"

"আচ্ছা।"

"কেন ডেকেছিস বল।"

"কেন তোর কী তাড়া আছে?"

"হ্যাঁ, তাড়া আছে।"

"কেন? কোথায় যাবি?"

"একটু এলিফেন্ট রোড যাব।"

"কেন? ওখানে কী?"

"তা জেনে তোর কী?"

"বুঝি বুঝি।"

"কী বুঝেছিস?"

"ঐ ন্যাকা নওরিনের সাথে যে তোর কিছু একটা চলছে তা কী আমি বুঝি না?"

"সিন্থিয়া! আমি ওকে ভালোবাসি।"

"ভালোবাসিস!"

"হ্যাঁ।"

"আর আমাকে?"

"তোকে মানে? তুই আমার ফ্রেন্ড।"

"শুধুই ফ্রেন্ড?"

"মানে?"

"মানে কী তুই বুঝিস না?"

"কী বুঝব?"

সিন্থিয়া আর কিছু বলল না। চুপচাপ দাঁড়িয়ে থাকে।

"কি হলো? বল? মানে কী?"

"বুঝবি না তুই।" বলেই সিন্থিয়া হাঁটা দিল। সিন্থিয়ার চোখ থেকে গড়িয়ে পড়ল এক ফোঁটা অশ্রু। গোপনে পাহাড় সমান কষ্ট নিয়ে সে বসুন্ধরা সিটি শপিং কমপ্লেক্স থেকে বেরিয়ে পড়ল।


রাতে হোস্টেলে ফিরেনি সিন্থিয়া। চট্টগ্রামে নিজ বাসায় চলে যায় সে। রাতের খাবার খেয়ে চুপচাপ নিজ রুমে শুয়ে আছে। ডিম লাইটের মৃদু আলোয় তার অশ্রুসিক্ত চোখ ঠিক স্পষ্ট বুঝা যাচ্ছে না কিন্তু মনের ভেতর দাউ দাউ করে জ্বলা প্রতিশোধ আর হিংসের আগুন স্পষ্ট বুঝা

যাচ্ছে। নওরিন কী আমার থেকেও সুন্দরী? ন্যাকা একটা। ন্যাকামি ছাড়া তো কিছুই পারে না। মিষ্টি মিষ্টি কথা বলে আবরারের মাথাটা নষ্ট করে দিয়েছে। আমি আবরারকে ছোট থেকে ভালোবাসি। আমার এই ভালোবাসার কী কোন মূল্য নেই ওর কাছে? বলা নেই কওয়া নেই, কোথা থেকে মেয়েটা উড়ে এসে জুড়ে বসল আমাদের মাঝে। সে কে? এত সাহস তার। এসব ভাবতে ভাবতে সিন্থিয়া কম্পিউটারের সামনে এসে বসল।

রাত ২টার দিকে নওরিনের মুঠোফোন ভাইব্রেট করে উঠল। মুঠোফোন হাতে নিয়ে সে দেখল মেসেঞ্জারে মেসেজ এসেছে সিন্থিয়ার। মেসেঞ্জার অ্যাপে সিন্থিয়ার মেসেজ দেখে তার হাত পা ঠান্ডা হয়ে গেল। মুঠোফোনের স্ক্রিনে সে স্পষ্ট দেখল সিন্থিয়া আর আবরারের মেসেজের কিছু স্ক্রিনশট। এসব সে কী দেখছে? নিজের চোখকে বিশ্বাস করাতে পারছে না। আবরার মেসেজে সিন্থিয়াকে লিখেছে, "নওরিন একটা চরিত্রহীন মেয়ে। অনেক ছেলের সাথে তার সম্পর্ক। আমি তোমাকে চাই সিন্থিয়া। আমি তোমাকে ভালোবাসি।"

এসব দেখার সাথে সাথে কাঁপা কাঁপা হাতে নওরিন আবরারকে ফোন দিল।

ফোনের অপর পাশ থেকে আবরার বলে উঠল, "হ্যালো নওরিন?"

"তুমি কোথায়?"

"এই তো রুমে। কেন?"

"না এমনি।"

"তোমার কণ্ঠ এমন শোনাচ্ছে কেন? কী হয়েছে?"

"না, কিছু না।"

"বল?"

"না।"

"বল বলছি?"

"আবরার?" বলেই নওরিন কেঁদে দিল।

"এই তুমি কাঁদছ কেন? কি হয়েছে? নওরিন?"

নওরিন কাঁদতে থাকে। নীরবে গড়িয়ে পড়ে অশ্রু।

"নওরিন? হ্যালো?"

নওরিন ফোন কেটে দেয়। আবরার প্রচন্ড উদ্বিগ্ন হয়ে পড়ে। কি করবে বুঝতে পারছে না।

হঠাৎ আবরারের মুঠোফোন ভাইব্রেট করে উঠে। মুঠোফোনের স্ক্রিনে দেখে নওরিনের মেসেজ। তাতে লিখা, "কাল বিকাল ৪টায় টিএসসিতে থেকো।"

# গোপনে (৫)

বিকেল ৪টা। টিএসসির এক পাশে নওরিন আর সিন্থিয়া দাঁড়িয়ে আছে।

সিন্থিয়া নওরিনকে বলল, "দোস্ত! আবরার মোটেও ভালো ছেলে না। তুই এই সম্পর্কটা করার আগে আমাকে একটাবার জানানো প্রয়োজন মনে করলি না?"

নওরিন সিন্থিয়াকে বলল, "জানালে কী হত?"

"জানালে এই সম্পর্কটা হতে দিতাম না।"

"আচ্ছা। কিভাবে?"

"কিভাবে আবার কী? তোকে নিষেধ করতাম এরকম চরিত্রহীন ছেলের সাথে সম্পর্কে না জড়াতে।"

"চরিত্রহীন?"

"হ্যাঁ। তা নয় তো কী? চরিত্রহীন না হলে রাত ১টায় তোকে ফোন, মেসেজ না দিয়ে আমাকে কেন মেসজ দিল? আমাকে কেন ভালোবাসি বলল?"

"হুম। ঠিক বলেছিস।"

"এই তো বুঝলি।"

"তো আমার এখন কী করা উচিত?"

"ব্রেকআপ করে ফেল।"

"ব্রেকআপ?"

"হ্যাঁ।"

"তারপর?"

"তারপর কী?"

"তারপর তুই এই সুযোগটা কাজে লাগাবি তাই তো?"

নওরিনের কথা শুনে চমকে গেল সিন্থিয়া, বলল, "সুযোগ মানে? কিসের সুযোগ?"

"নওরিন উত্তেজিত হয়ে বলল, "তুই খুব নিজেকে চালাক ভাবিস তাই না?"

"কী বলতে চাস?"

"তুই কী ভেবেছিস আমি কিছুই জানি না?"

"কী বলতে চাস? স্পষ্ট করে বল।"

"বলছি।"

নওরিন মুঠোফোনটা বের করে আবরারকে ফোন দিয়ে বলল, "এই তুমি একটু এদিকে আসো।"

আবরার দূরে দাঁড়িয়ে ছিল। সিন্থিয়া আবরারকে এদিকে আসতে দেখে দ্বিধায় পড়ে যায়।

আবরার কাছে বলল, "হ্যাঁ বল।"

"তোমার মোবাইলটা বের কর।"

"কেন?"

"আমি বলছি বের কর।"

আবরার মোবাইল বের করল। নওরিন আবরারের মোবাইলটা নিজ হাতে নিয়ে সিন্থিয়াকে প্রশ্ন করল, "এটা কী মোবাইল?"

সিন্থিয়া আমতা আমতা করে বলল, "কী? কী মোবাইল?"

"এটা নোকিয়া ১১০০।"

"নোকিয়া ১১০০ দিয়ে কী মেসেঞ্জার অ্যাপ আর ফেসবুক চালানো সম্ভব?"

সিন্থিয়া চুপ করে রইল।

নওরিন আবরারকে জিজ্ঞেস করল, "আবরার! সম্ভব?"

আবরার বলল, "না তো। সম্ভব না।"

"তোমার ফেইসবুক আইডি ডিএক্টিভ?"

"হ্যাঁ।"
"কবে থেকে?"

"এই, ২০২১ এর দুই অথবা তিন জানুয়ারি থেকে।"

"তোমার সাথে আমার কথা হয় কিভাবে? মোবাইলেই তো? এই নোকিয়া ১১০০ দিয়েই তো আমাকে ফোন দাও।"

"হ্যাঁ।"

"তোমার ফেইসবুক আইডিটা একটু এক্টিভ করা যাবে এখন?"

"কিন্তু আমার সাথে তো এখন ল্যাপটপ নেই।"

"এই নাও। আমার অ্যান্ড্রয়েড মোবাইল দিয়ে এক্টিভ কর।"

আবরার তার ফেইসবুক আইডি এক্টিভ করে নওরিনের হাতে মোবাইলটা হাতে দিয়ে বলল, "এই নাও।"

"এটাই তোমার প্রোফাইল পিকচার?"

"হ্যাঁ। দেখতেই তো পাচ্ছ।"

"সিন্থিয়া! তুই এটা কিভাবে করলি?"

সিন্থিয়া বলল, "কী করলাম?"

"কিছু করিসনি?"

"কী করেছি?"

"তুই আবরারের নামে ফেইক আইডি কেন খুললি? খুলে এসব ফেইক মেসেজ কেন আমাকে পাঠালি?"

"কই? কই? আমি তো করিনি!"

"নামটাও তো ঠিক মতো দিতে পারিসনি। নাঈম বানান ভুল। "ই" দিয়েছিস।"

"দেখ নওরিন..."

নওরিন সিন্থিয়াকে থামিয়ে দিল, বলল, "তুই যদি সত্যি সত্যি আবরারকে ভালোবাসতি তাহলে এই জঘন্য কাজটা করতে পারতি না। তুই আমাকে বলতে পারতি না সে একটা চরিত্রহীন ছেলে।"

আবরার চমকে গেল এসব কথা শুনে, বলল, "আমি চরিত্রহীন?"

নওরিন আবরারকে বলল, "তোমাকে সব পরে বলছি।"

নওরিন সিন্থিয়ার দিকে তাকিয়ে বলল, "তুই যদি সত্যি আমার প্রকৃত বন্ধু হতি তাহলে এই ফেইক মেসেজে আমাকে চরিত্রহীন বলতি না। "

"ঠিক আছে। আমি দোষী তো?" বলেই সিন্থিয়া উঠে হাঁটা দিতেই নওরিন পিছন থেকে বলল, " দাঁড়া!"

সিন্থিয়া দাঁড়াল। নওরিন পিছন থেকে বলল, "বিয়ের দাওয়াত রইল।"

সিন্থিয়া টিএসসি থেকে বেরিয়ে পড়ল। নওরিন আর আবরার বসে রইল টিএসসিতে।

# গোপনে (৬)

১৪ ই ফেব্রুয়ারি ২০২১। নীল আকাশ। চারদিকে মেঘের ছড়াছড়ি। নীলগিরি পাহাড়। আবরারের ডান হাত জড়িয়ে ধরে কাঁধে মাথা রেখেছে নওরিন। নিস্তব্ধ নীরব চারদিক। ওদের কী বিয়ে হয়েছে?

১১ই ফেব্রুয়ারি ২০২১। মাঝারি আকারের রুমে সোফা সেট, টি-টেবিল। টি-টেবিলে মিষ্টি, ফল সহ নানা পদের নাস্তা। আজ আবরার আর নওরিনের এনগেজমেন্ট। তাই নওরিনের বাসায় আবরার এবং আবরারের পরিবার উপস্থিত হয়েছে।

আবরারের বাবা বললেন, "ভাই সাহেব! মোহরানার বিষয়টা একটু পাকা করে ফেললে ভালো হতো।"

নওরিনের বাবা বললেন, "জি, এই ব্যাপারে একটু কথা বলার আছে।"

"জি, বলুন।"

"আমরা চাচ্ছিলাম যে মোহরানা এক কোটি হোক।"

"জি?"

"জি, এক কোটি।"

আবরারের বাবা মা একে অপরের দিকে তাকাল।

আবরারের বাবা ভ্রু কুঁচকে জিজ্ঞেস করল, "এক কোটি?"

"জি, ভাই।"

"ভাই, ছেলে তো মাত্র চাকরিতে ঢুকেছে। আসলে এত টাকা?..."

"দেখুন, আমরা তো আর যার তার হাতে আমাদের মেয়েকে তুলে দিতে পারি না।"

"আমার ছেলে এখন যার তার হয়ে গেল?"

"দেখুন, ছেলে যদি আর্থিক ভাবে সচ্ছল না হয়, তাহলে তো আমরা আমাদের মেয়েকে আপনার ছেলের হাতে তুলে দিতে পারব না।"

"আমার ছেলে চাকরি করে, মাস শেষে বেতন পায়। সচ্ছল নয়?"

"সচ্ছল হলে ১ কোটি দিতে অসুবিধে কোথায়?"

আবরারের বাবা রেগে বললেন, "আপনি সচ্ছলের অর্থ বুঝেন?"

নওরিনের বাবাও রেগে চিৎকার করে বললেন, "আপনার থেকে এখন আমার শিখতে হবে?"

"আপনি মুখ সামলে কথা বলেন।"

"আপনি ভদ্রভাবে কথা বলেন। নিজেকে কী ভাবেন?"

এসব উত্তপ্ত বাক্য বিনিময় ভিতর থেকে শুনে দৌড়ে ছুটে আসলো নওরিন। ওদিকে পরিস্থিতি আরো খারাপের দিকে মোড় নিচ্ছে দেখে আবরার নওরিনের বাবাকে বলল,"আংকেল! আপনি শান্ত হন। বাবা! তুমিও একটু শান্ত হও।"

নওরিনের বাবা উত্তেজিত কণ্ঠে বললেন, "তোর বাবা কী শান্ত হবে? তোর বাবা ভদ্রতা জানে নাকি? থার্ড ক্লাস, মিডেল ক্লাস।"

"বাবা! আসো। চলো। এখানে আর এক মুহূর্ত নয়।"

"হ্যাঁ। চল। এখানে থাকতে চায় কে?

"যান, যান। আর যেন চেহারাও না দেখি।"

এসব কিছু নওরিন পর্দার আড়াল থেকে দেখে রীতিমত ধাক্কা খেল। বিয়েটা এভাবে ভেঙ্গে যাবে সে স্বপ্নেও ভাবেনি।


১২ই ফেব্রুয়ারি ২০২১। সকাল ১০টায় আবরারের বাসায় ডোরবেল বেজে উঠল। আবরার দরজা খুলল। দরজার বাইরে নওরিনের ছোট ভাই লিসানকে দাঁড়িয়ে থাকতে দেখে সে চমকে গেল, বলল, "আরে তুমি?"

লিসান আবরারের দিকে একটা চিঠি বাড়িয়ে দিয়ে বলল, "আপু দিয়েছে।" আবরার চিঠিটা হাতে নিল। লিসান আবারো বলল, "আপনাকে ফোনে পাচ্ছিল না আপু। চিঠিটা পড়বেন দয়া করে।"


দরজা আটকে চিঠি নিয়ে নিজের রুমে চলে যায় আবরার। নিজের রুমের দরজা বন্ধ করে দিল। খাটের উপর বসে চিঠিটা খুলল। নওরিনের হাতের লেখা।


প্রিয় আবরার,

        কেমন আছো জিজ্ঞেস করব না। আমি জানি তোমার মনের অবস্থা এখন কেমন। আমার বাবার পক্ষ থেকে আমি ক্ষমা চাইছি।

আবরার, সম্পর্কের শুরুতে আমাকে তুমি মুঠোফোনে ভালোবাসি বলেছিলে। কিন্তু আমি এখন পর্যন্ত ভালোবাসি শব্দটা উচ্চারণ করিনি। কিন্তু প্রতিটা মুহূর্তে তোমাকে বুঝিয়েছি, আমি তোমাকে কতটা ভালোবাসি।

আবরার, ভালোবাসা প্রকাশ করাটা জরুরী নয়। ভালোবাসতে পারাটা জরুরী। সবাই ভালোবাসি বলে। ভালোবাসতে কয় জন পারে? প্রিয় মানুষটাকে কয়জন ধরে রাখতে পারে? ভালোবাসতে হয় গোপনে, নিভৃতে।

আমি তোমাকে গোপনে, নিভৃতে ভালোবেসে যেতে চাই আজীবন। তোমাকে হারাতে চাই না। তাই একটা বড়

সিধান্ত নিয়েছি। আমি তোমাকে পরিবারের অমতেই বিয়ে করতে চাই। পৃথিবীতে কিছু পেতে হলে কিছু হারাতে হয়। আমি না হয় আমার ভালোবাসার মানুষটাকে পাওয়ার জন্য পরিবারকে হারালাম। করবে আমাকে বিয়ে? সমাজ, পরিবারের বাঁধা উপেক্ষা করে তোমার জীবন সঙ্গিনী করতে পারবে?

ধর্মসাগর পাড়ে আজ সকাল ১১টায় আমি তোমার অপেক্ষায় থাকব। বিয়ের সাক্ষী দেওয়ার জন্য লিসান ওর বন্ধুদের বলে দিয়েছে। ওরা সময় মতো চলে আসবে। এখন সিদ্ধান্ত সম্পূর্ণ তোমার। ভালোবাসার এই পরীক্ষায় তুমি জয়ী হবে নাকি হবে পরাজিত, এখন তোমার হাতে।


তোমার অপেক্ষায় রইলাম।


                       ইতি

                    তোমার

নওরিন


তারপর? তারপর কী হলো?

তারপর কাবিননামায় সই হলো। দুই হৃদয় এক হলো।

১৪ ই ফেব্রুয়ারি ২০২১। নীল আকাশ। চারদিকে মেঘের ছড়াছড়ি। নীলগিরি পাহাড়। আবরারের ডান হাত জড়িয়ে ধরে কাঁধে মাথা রেখেছে নওরিন। নিস্তব্ধ নীরব চারদিক।

নওরিন মায়াবী কণ্ঠে বলল, "এই আবরার!"

আবরার বলল, "জি, রাজকুমারি। বলুন আপনার জন্য কী করতে পারি?"

"আমার জন্য?"

"হুম তোমার জন্য।"

"সত্যি করতে চাও?"

"হুম বল। করব।"

নওরিন কাঁধ থেকে মাথা উঠিয়ে আবরারের দিকে তাকিয়ে বলল, "আমাকে এই ভাবে ভালবাসবে তো?"

আবরার নওরিনের হাতটা ধরে বলল, "বাসবো। আজীবন। তুমি ভালোবাসবে তো?

নওরিন আবরারের কাঁধে মাথা রেখে বলল, "হ্যাঁ। বাসবো। এভাবেই, গোপনে......"

বিশাল নীল আকাশ। তাতে মেঘের ছড়াছড়ি। নীলগিরি পাহাড়।

"এই আবরার?"

"হুম?"

"ভালোবাসি। খুব বেশি। অনেক বেশি।"

(সমাপ্ত)

"হুম?"

"ভালোবাসি। খুব বেশি। অনেক বেশি।"